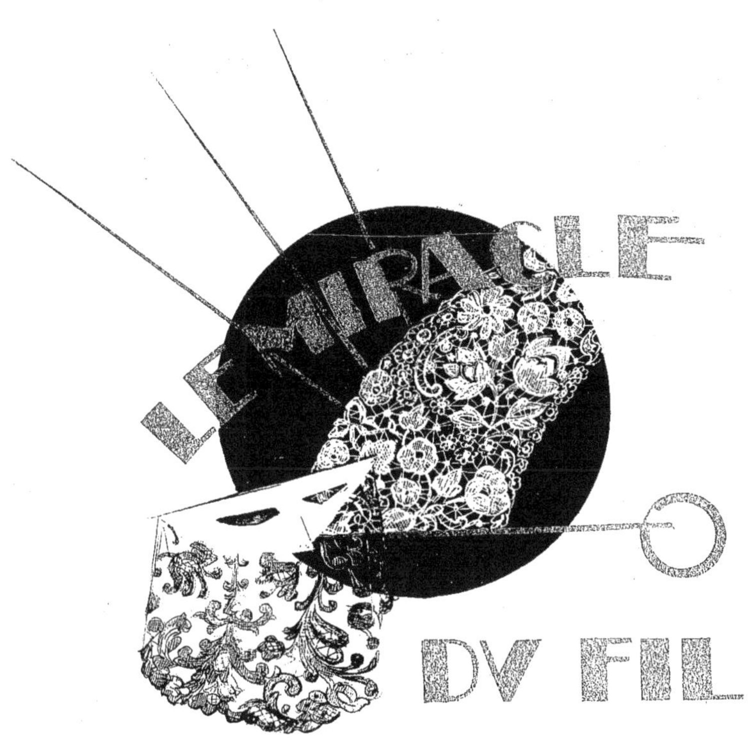
LE MIRACLE
DV FIL

LE MIRACLE DU FIL

SEIZE SONNETS

DE

HENRI DE RÉGNIER

de l'Académie Française

ET

SEIZE PLANCHES EN COULEURS DE

YAN B. DYL

SIMON KRA, ÉDITEUR, 6, RUE BLANCHE, PARIS

Ce
recueil de
seize sonnets de
Henri de Régnier, imprimé
sur les presses du maître-impri-
meur Coulouma, d'Argenteuil, H. Barthé-
lemy étant directeur, et de seize planches de
Yan Bernard Dyl, reproduites fidèlement par Daniel
Jacomet, de Paris,
n'a été tiré qu'à
350 exemplaires.

16 exemplaires sur Japon impérial numérotés de 1 à 16 contenant chacun un sonnet autographe de Henri de Régnier et un dessin original de Yan B. Dyl; 334 exemplaires sur papier Canson Montgolfier numérotés de 17 à 350.

Cet exemplaire porte
le N° 4.C

LES CLUNY

LES CLUNY

JE LUI DIS : VOUS ÊTES CHARMANTE ET JE VOUS AIME
AVEC CETTE AMPLE ROBE ET CE FIN CORSELET
OÙ VOUS SEMBLEZ SI LÉGÈRE QU'ON VOUS CROIRAIT
QUELQUE BEAU PAPILLON QU'UN CŒUR DE ROSE ESSAIME.

JE LUI DIS : VOUS ÊTES CHARMANTE. NUL POÈME
NE SAURA RENDRE ASSEZ SUR UN RYTHME INDISCRET
LE MYSTÈRE, L'ESSOR, LA GRACE ET LE SECRET
DE VOTRE JEUNE CORPS QUE FORMA L'AMOUR MÊME.

À VOS ATOURS DE FEMME À QUI PRÊTE DES AILES
L'ENVOLEMENT FRIVOLE ET SOUPLE DES DENTELLES :
POINT DE RAGUSE, D'ALENÇON OU DE CLUNI,

JE PRÉFÈRE, SI BIEN QU'ILS RAVISSENT LA VUE,
ÈVE D'UN PARADIS DONT JE ME SENS BANNI,
LE SOUVENIR PENSIF OÙ JE VOUS RÊVE NUE.

YAN B. DYL

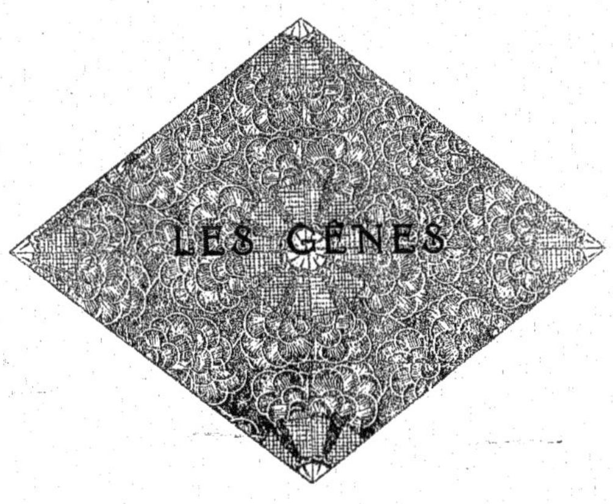
LES GÊNES

LES GÊNES

AYANT VAINCU LE VENT, L'ÉCUEIL ET LA MARÉE,
LE LOURD VAISSEAU DONT LE NOM LUIT EN LETTRES D'OR
A VU BRILLER AU LOIN LES FEUX FIXES DU PORT.
SA CARÈNE PUISSANTE AU MOUILLAGE EST ANCRÉE.

CELUI QUI LE GUIDA VERS LE MÔLE ET L'ENTRÉE
S'AVANCE, IMPATIENT DE L'ATTENDRE À SON BORD,
VERS CELLE, DE RETOUR, QU'IL N'A PAS VUE ENCOR
ET QUI, PAR BON ACCUEIL, S'EST, DE SON MIEUX, PARÉE.

ELLE A CACHÉ SES LONGS CHEVEUX ET SON BLANC COU,
COQUETTEMENT, SOUS LES PLIS DE CETTE COIFFE OÙ
LA FEUILLE DÉLICATE À LA FLEUR S'ENTRECROISE,

TANDIS QU'AU FIN RÉSEAU LA ROSACE SE JOINT
POUR ENCHANTER LES YEUX ET FORMER CE BEAU POINT,
MIRACLE INDUSTRIEUX DE L'AIGUILLE GÉNOISE.

YAN B. DYL

LES RENAISSANCE ESPAGNOLES

LES RENAISSANCE ESPAGNOLES

IL A CONNU LES TEMPS DU MAURE DÉTESTÉ
OÙ LE CROISSANT FLOTTAIT SUR LES MURS DE GRENADE,
OÙ, DANS LE CORPS À CORPS, L'ASSAUT ET L'ESCALADE,
LE SANG CHRÉTIEN COULAIT AUTOUR DE LA CITÉ.

MAIS MAINTENANT IL SE SOUVIENT AVEC FIERTÉ,
PUISQUE SON FRONT EN PORTE ENCOR L'ESTAFILADE,
QU'ARAGON ET CASTILLE ONT VAINCU L'ALMOHADE.
LA CROIX A MIS À BAS LE CROISSANT SUPPLANTÉ.

AUJOURD'HUI IL EST VIEUX. AUPRÈS DE SON ÉPOUSE,
IL SONGE QUELQUEFOIS À LA GUERRE ANDALOUSE,
ET SA DAME, DEBOUT PARMI SES LOURDS SATINS

QUE COUVRE UNE DENTELLE AUX TRAMES COMPLIQUÉES,
LUI RAPPELLE, EN SA ROBE À MORESQUES DESSINS,
L'ARABESQUE QU'ON VOIT AU MUR BLANC DES MOSQUÉES.

YAN B. DYL

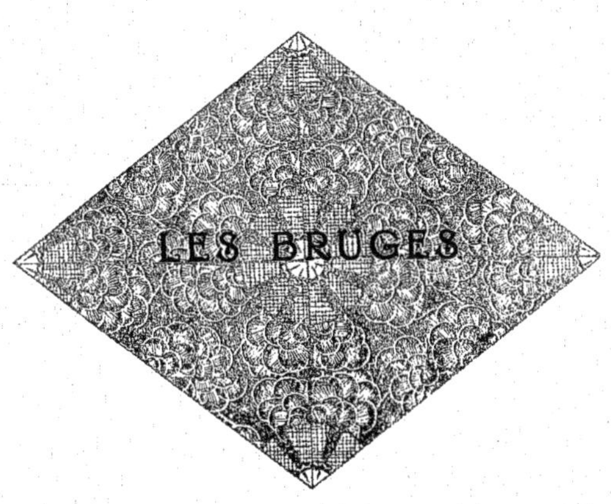
LES BRUGES

LES BRUGES

AUTOUR DU HAUT BEFFROI DEBOUT DANS SA FIERTÉ
LE TRAVAIL DES MÉTIERS, EN LEUR RUMEUR SAVANTE,
T'EMPLISSAIT AUTREFOIS, Ô BRUGES LA VIVANTE,
D'UN ORGUEIL QUI BATTAIT AU CŒUR DE LA CITÉ.

MAINTS TISSUS Y MONTRAIENT LEUR SOMPTUOSITÉ
ENRICHIS DES DESSINS QUE L'ARABESQUE INVENTE,
MAIS RIEN A-T-IL VALU, ENTRE TES ARTS QU'ON VANTE,
TOUT LE PRINTEMPS DE FIL PAR L'AIGUILLE IMITÉ ?

TRÉSOR DÉLICIEUX ET FLORAISON MAGIQUE
DONT SE PARE AUJOURD'HUI TA GLOIRE NOSTALGIQUE
EN TON SOMMEIL VOILÉ QUE VEILLE UN ANGE BLANC,

BELLE MORTE, DONT LE SILENCE VIT ENCORE,
MAILLE À MAILLE ET SUR QUI LE CARILLON ÉTEND,
LINCEUL AÉRIEN, SA DENTELLE SONORE.

YAN B. DYL

LES DUCHESSES DE BRUXELLES

LES DUCHESSES DE BRUXELLES

JE VIENS À TOI, LE CŒUR PLEIN D'AMOUR ET DE HONTE,
CAR CE CŒUR A SOUFFERT EN SON IMPURETÉ
DE N'ÊTRE PLUS PAREIL À CE QU'IL A ÉTÉ
EN CES DOUX TEMPS VERS OÙ MON SOUVENIR REMONTE.

AH ! QUE N'EUT-IL EN LUI CETTE FORCE QUI DOMPTE
PAR SON FERME PROPOS ET PAR SA VOLONTÉ
LA CHAIR QUI SE REBELLE ET LE SANG RÉVOLTÉ
ET CES ÉLANS OÙ SE BRISE L'AME TROP PROMPTE !

ÉTOILE DES CŒURS PURS, BEL ASTRE DES PUCELLES,
TOI, SI GRAVE SOUS TON VOILE DONT LES DENTELLES
SEMBLENT UN LAIT DIVIN PAR TA GRACE ÉPANCHÉ,

MADONE, QU'IL EST LOIN LE TEMPS OÙ, FILLE ET VIERGE,
JE T'APPORTAIS LES LIS NEIGEUX ET LE BLANC CIERGE
AVEC MON FRONT SANS TACHE ET MON CORPS SANS PÉCHÉ !

YAN B. DYL

LES POINTS GAZE
FLAMANDS

LES POINTS GAZE FLAMANDS

SOUS LES NOBLES ATOURS QUI LA PARENT, ELLE EST
TRÈS JEUNE. SES BEAUX YEUX SONT ATTENTIFS ET TENDRES
ET LEUR ÉCLAT, VOILÉ DE TRANSPARENTES CENDRES,
DIT LA FLAMME QUI BRÛLE AU FOND D'UN CŒUR SECRET.

SUR LE MUR, DANS L'ÉCU, SE DESSINE EN ARRÊT
L'HÉRALDIQUE LION QUI BLASONNE LES FLANDRES.
QUE CHERCHE-T-ELLE AU LIVRE QU'ELLE LIT : ESCLANDRES,
DUELS, ENLÈVEMENTS, ESCALADE ? QUI SAIT ?

L'ENNUI PÈSE. LA VIE EST MONOTONE ET GRAVE,
MAIS, LASSE DE LA SERVITUDE ET DE L'ENTRAVE,
ELLE RÊVE, EN LISANT, À QUELQUE FIER DESTIN ;

ET, DANS UN SONGE ARDENT, ELLE SENT, AUTOUR D'ELLE,
LACÉRANT DE SA GRIFFE AIGUË UNE DENTELLE,
RÔDER OBSCURÉMENT QUELQUE AMOUR LÉONIN.

S. DYL

LES VENISE

LES VENISE

JE VOUS ATTENDS, CE SOIR, AUPRÈS DE SANT' ALVISE,
LAISSEZ VOTRE GONDOLE À L'ANGLE DU CANAL;
LA MIENNE SERA LÀ, SANS LUMIÈRE AU FANAL,
AVEC LE FELZE, ET MON VIEUX GONDOLIER, QUI PRISE...

IL EST SÛR. NOUS SERONS VÊTUS, COMME À VENISE
IL SIED, EN MASQUE ET BAÛTA, C'EST CARNAVAL.
VOUS VIENDREZ ME REJOINDRE AVANT LA FIN DU BAL,
À L'HEURE DU GROS PONTE ET DE LA FORTE MISE.

METTEZ VOTRE COLLIER DE PERLES, VOTRE ANNEAU,
ET CE VOILE, QUE J'AIME, EN POINT DE MURANO,
OÙ VOUS ÊTES SI MYSTÉRIEUSEMENT BELLE

ET DONT LA MAILLE FINE, À SON PIÈGE ENCHANTÉ,
SEMBLE SI BIEN, Ô MA BLANCHE ET NOIRE HIRONDELLE,
VOUS PRENDRE TOUTE EN UN FILET DE VOLUPTÉ!

LES ALENÇON

LES ALENÇON

POUDRE AU CHIGNON, FARD À LA JOUE ET ROSE AU SEIN,
CHARMANTE ET PIRE ENCORE, INGÉNUE ET COQUETTE,
LES YEUX BAISSÉS, VOUS FREDONNEZ QUELQUE ARIETTE,
QU'ACCOMPAGNE LE GROS ABBÉ, AU CLAVECIN.

VOTRE ROBE AVEC SA DENTELLE AU BEAU DESSIN
S'ENFLE EN VASQUE, ET, PAREILLE À QUELQUE FINE AIGRETTE
DE CRISTAL, VOTRE VOIX MONTE, DESCEND, S'ARRÊTE,
RAPPELANT CE JET D'EAU QUI SE JOUE AU BASSIN.

TANDIS QUE VIBRE ENCOR CET AIR GALANT ET TENDRE
IL ME SEMBLE, COMME UN ÉCHO LOINTAIN, ENTENDRE
Y RÉPONDRE, À TRAVERS L'ESPACE, LA CHANSON

QUE CHANTENT, EN NOUANT LE FIL DE LEURS DENTELLES
DONT L'IRONIQUE ATOUR NE SERA PAS POUR ELLES,
AUX DAMES DE PARIS, LES FILLES D'ALENÇON.

YAN B. DYL

LES DENTELLES D'OR
ET D'ARGENT

LES DENTELLES D'OR ET D'ARGENT

SOUVENEZ-VOUS, MON CŒUR, DU TEMPS DE NOS JEUNESSES
OÙ MON AMOUR MOURAIT D'AMOUR A VOS GENOUX,
DU TEMPS OÙ VOUS ÉTIEZ JALOUSE ET MOI JALOUX,
DU TEMPS DES BEAUX BAISERS ET DES BELLES TENDRESSES.

VOUS EÛTES DES AMANTS ET MOI J'EUS DES MAITRESSES,
MAIS AUCUNE NE FUT CE QUE VOUS FÛTES, VOUS.
AH ! QU'IL EST BON D'AVOIR ÉTÉ GAIS, FIERS ET FOUS,
IVRES DES MÊMES JEUX ET DES MÊMES IVRESSES !

SOUVENEZ-VOUS, LORSQUE, NOUS TENANT PAR LA MAIN,
NOUS ENTRIONS JOYEUX ET SÛRS DU LENDEMAIN ;
COMME J'ÉTAIS ARDENT, COMME VOUS ÉTIEZ BELLE !

ET, SANS SAVOIR ENCOR QUE L'AMOUR FÛT CHANGEANT,
NOUS AIMIONS NOUS PARER D'UNE MÊME DENTELLE,
VOUS, FAITE DE FILS D'OR, ET MOI, DE FILS D'ARGENT.

YAN B. DYL

LES POINTS D'ANGLETERRE

LES POINTS D'ANGLETERRE

DANS LE PARC VAPOREUX OÙ L'AIR EST DIAPHANE,
CE BEAU JOUR, QU'ADOUCIT UNE BRUME D'ÉTÉ,
OFFRE À SES PAS ERRANTS SANS CURIOSITÉ
SES BOSQUETS BIEN TAILLÉS ET SA PELOUSE PLANE.

LE PARC ET LE MANOIR DATENT DE LA REINE ANNE...
ET CE VIEUX CADRE SIED À SA JEUNE BEAUTÉ,
DÉLICE DE LA COUR ET GLOIRE DU COMTÉ.
ELLE EST FIÈRE. AUPRÈS D'ELLE UN PAON BLANC SE PAVANE.

UNE OMBRELLE MARQUISE, À SON GESTE ÉLÉGANT,
SE PLOIE. À SA NUQUE SE NOUE UN CATOGAN,
ET SON CHÂLE OCELLÉ QUI TRAÎNE JUSQU'À TERRE

ÉTALE, QUEUE À FAIRE ENVIE AU BEL OISEAU,
DANS LE FRÉMISSEMENT DE SON SOUPLE RÉSEAU,
LE MIRACLE ORGUEILLEUX DE SON POINT D'ANGLETERRE.

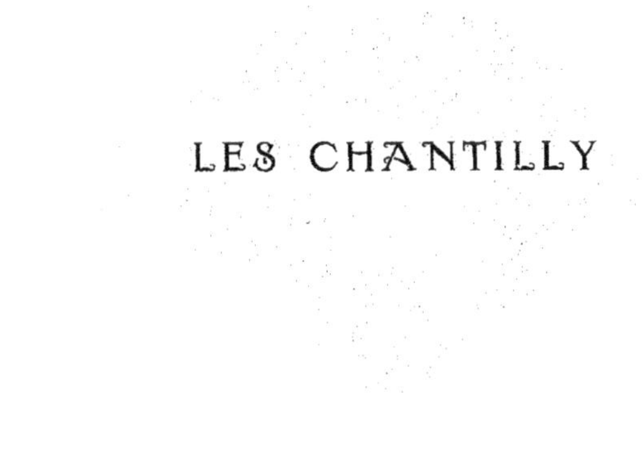

LES CHANTILLY

LES CHANTILLY

QUELLE PARQUE SUBTILE A, DE SON FIN FUSEAU,
DILIGEMMENT OURDI, SOUS SES DOIGTS MÉRITOIRES,
L'ENTRELACS LOSANGÉ QUI, DE SES MAILLES NOIRES,
COMPOSE, Ô CHANTILLY, TON FOND ET TON RÉSEAU ?

DE TON DEUIL TRANSPARENT, TENDRE, LÉGER ET BEAU,
TU COUVRES SOUPLEMENT LES SATINS ET LES MOIRES,
ET TU FAIS RESSORTIR, EN LEURS TIÈDES IVOIRES,
LA BLANCHEUR DE L'ÉTOFFE ET LE TEINT DE LA PEAU.

JE T'AIME, Ô CHANTILLY, POUR TA SOMBRE ÉLÉGANCE,
TOI QUI GRANDIS SOUS LE DOUX CIEL D'ILE-DE-FRANCE,
TOI, FILLE DE LA « GUEUSE » ET DU « POINT DE PARIS ».

Ô DENTELLE À LA FOIS FRIVOLE ET TACITURNE,
CAR ON PEUT RETROUVER EN TES DESSINS FLEURIS
LE PRINTEMPS QU'Y FIT NAÎTRE UNE PARQUE NOCTURNE.

LES MALINES

LES MALINES

QUE LE CARILLON TINTE ANGÉLUS OU MATINES,
QUE LE PRINTEMPS RAYONNE ET, LE LONG DU SENTIER,
FASSE, AUPRÈS DU MUGUET, SE FLEURIR L'ÉGLANTIER,
QU'AVRIL OU QUE JANVIER ALTERNE SUR MALINES;

QUE LE GEL DE L'HIVER AUX VITRES CRISTALLINES,
S'ARGENTE OU QU'ON SOIT SANS SOLEIL UN JOUR ENTIER,
ON TE TROUVE TOUJOURS ASSISE À TON MÉTIER
MANIANT LES FUSEAUX, LE FIL ET LES BOBINES.

SOUS TES DOIGTS ENCHANTÉS NAISSENT DE BLANCS JARDINS
QUE PARE DE SES FLEURS LE TRAVAIL DE TES MAINS,
OÙ LE BOUQUET LÉGER SE NOUE ET S'ENRUBANNE;

ET C'EST TON RÊVE DILIGENT ET PARFUMÉ,
SANS QUE RIEN LE FLÉTRISSE ET SANS QUE RIEN LE FANE,
QUI VIT DANS LA DENTELLE OÙ TU L'AS ENFERMÉ.

YAN B. DYL

LES BLONDES ESPAGNOLES

LES BLONDES ESPAGNOLES

VA-T-ELLE VERS LA DANSE OU VA-T-ELLE À L'AMOUR
DE TOUT SON SOUPLE CORPS ET DE TOUT SON VISAGE?
EST-ELLE VERTUEUSE OU FOLLE, ARDENTE OU SAGE?
A-T-ELLE L'AME FOURBE OU LE CŒUR SANS DÉTOUR?

SOUS LA MANTILLE OÙ SE CACHE SON CHIGNON LOURD,
ANXIEUSE, ATTEND-ELLE UN AMANT AU PASSAGE,
PRÉFÉRANT AU BONHEUR SANS TROUBLE ET SANS PARTAGE
LA VOLUPTÉ D'UNE HEURE OU LE PLAISIR D'UN JOUR?

JE NE SAIS, MAIS DEBOUT EN SA GRÂCE ESPAGNOLE,
MYSTÉRIEUSE, ALTIÈRE ET CEPENDANT FRIVOLE,
JE L'AIME, FLEUR DE PARADIS OU FLEUR D'ENFER,

ET J'ÉVOQUE, CHARMÉ DE CE PRINTEMPS BIZARRE
QUI LA REVÊT DE SON FIN RÉSEAU, SOMBRE OU CLAIR,
LA DENTELLE DE SONS QU'IMITE LA GUITARE.

LES TÉNÉRIFFE

LES TÉNÉRIFFE

LORSQUE L'AGE CRUEL VOUS FAIT LE CŒUR AMER
IL EST DOUX DE CHERCHER, AU DÉCLIN DES ANNÉES,
À L'HEURE OÙ VIENT L'INSTANT DES TÂCHES TERMINÉES,
LE SOUVENIR LOINTAIN D'UN TEMPS QUI NOUS FUT CHER.

JE ME SOUVIENS DE VOUS, PARADIS SANS HIVER,
ÉDEN DÉLICIEUX DES ILES FORTUNÉES!
LES AUBES NULLE PART PLUS BELLES NE SONT NÉES,
TÉNÉRIFFE, QUE DANS TON CIEL ET SUR TA MER!

JE TE REVOIS : TON PORT, TA MONTAGNE, TES PENTES
ET LEURS CLIMATS DIVERS AUX FLORES DIFFÉRENTES;
ET JE REVOIS AUSSI CETTE FILLE AUX BEAUX YEUX,

FIÈRE SOUS LA DENTELLE ET LE POING À LA HANCHE,
ET DONT LA BEAUTÉ, DUE À SES DOUBLES AÏEUX,
AU SANG DE L'ESPAGNOL MÊLAIT LE SANG DU GUANCHE.

YAN B. DYL

LES PARAGUAY

LES PARAGUAY

JE TE SALUE ICI EN TA GRÂCE INDIENNE
SOIS-TU D'ALGARROBAL OU D'ITACURRUBY!
TU PORTES UN VASE DE CUIVRE BIEN FOURBI
EN ÉQUILIBRE ET LE MAINTIENS QUOI QU'IL SURVIENNE.

TA FACE EST SOMBRE. TU ME PLAIS, PARAGUAYENNE.
J'IGNORERAI TOUJOURS TA LANGUE ET TON DÉBIT,
MAIS JE T'AIME, SAUVAGE EN CET ÉTRANGE HABIT
DONT LA DENTELLE RUDE A L'AIR D'ÊTRE ANCIENNE.

CE FUT SANS DOUTE AU TEMPS DES VIEUX CONQUISTADORS
QU'APPRIRENT TES AÏEUX À NOUER CES FILS TORS;
ET JE VOUDRAIS SAVOIR, Ô PORTEUSE DE JARRE,

QUI FUT CELLE OU CELUI, JADIS, DON OU DOÑA,
QUI FIT FLEURIR AINSI SUR LA TERRE BARBARE
LA MODE DE MADRID AUX BORDS DU PARAÑA.

YAN B. DYL

CELLE DE DEMAIN...

CELLE DE DEMAIN...

QUE LE SIÈCLE SOIT DUR, GAI, MOROSE OU BRUTAL,
PLEIN DES CHANTS DE LA PAIX OU DES CRIS DE LA GUERRE,
DISANT BIEN HAUT SA JOIE ET TOUT BAS SA MISÈRE,
L'HOMME Y CONTINUERA SON VIEUX RÊVE ANCESTRAL.

SES YEUX TOUJOURS SUIVRONT AU CIEL OCCIDENTAL
LA MÊME VISION QU'ILS Y CHERCHAIENT NAGUÈRE ;
SA MAIN FAÇONNERA, DU GESTE NÉCESSAIRE,
TOUJOURS, LE FIL, LE BOIS, LA PIERRE ET LE MÉTAL.

L'ARME EST, COMME L'OUTIL, UN ÉTERNEL EMBLÈME ;
LE TEMPS PASSE, REVIENT, ET C'EST TOUJOURS DE MÊME
QUE COURT SUR LE MÉTIER L'AIGUILLE OU LE FUSEAU ;

LE VIEUX MONDE POURSUIT SES TÂCHES FAMILIÈRES
ET VOUS IMITEREZ TOUJOURS, Ô DENTELLIÈRES,
LA FRANGE DE LA VASQUE ET SA DENTELLE D'EAU.

ORDRE DES PLANCHES

1. — Les Cluny.
2. — Les Gênes.
3. — Les Renaissance Espagnole.
4. — Les Bruges.
5. — Les Duchesses de Bruxelles.
6. — Les Points gaze flamands.
7. — Les Venise.
8. — Les Alençon.
9. — Les Dentelles d'Or et d'Argent.
10. — Les Points d'Angleterre.
11. — Les Chantilly.
12. — Les Malines.
13. — Les Blondes Espagnoles.
14. — Les Ténériffe.
15. — Les Paraguay.
16. — Celle de demain...

www.ingramcontent.com/pod-product-compliance
Ingram Content Group UK Ltd.
Pitfield, Milton Keynes, MK11 3LW, UK
UKHW022127260726
13993UKWH00003B/1279